EL VAIXELL
DE VAPOR

Tots els colors del camaleó

Jordi Losantos Sistach

Il·lustracions
de Cristina Losantos Sistach

Premi El Vaixell de Vapor 2011

cruïlla

llegircruilla.cat

Primera edició: octubre de 2011
Primera edició a El Vaixell de Vapor: juny de 2012
Tercera edició: juliol de 2015

Edició: Dolors Ortiz i Perpinyà

Nàpols, 249 - 08013 Barcelona
editorial@cruilla.cat

ISBN: 978-84-661-3942-7
DL: B-11006-2015
Imprès a la UE / *Printed in EU*

Als meus fills, Pau, Jan i Irene,
i a la seva ànsia per conèixer
històries noves cada dia

1

La festa dels camaleons

En Tami es desperta abans d'hora. L'emoció no el deixa tornar a dormir, tot i que amb prou feines clareja. Avui és un dia especial al poblat dels camaleons. És el dia que tots celebren que ha arribat l'estiu i s'han acabat les pluges. Ja era hora! Això vol dir que les basses s'omplen d'insectes saborosos, i que no cal estar pendent dels ruixats i les calamarsades, ni del camaleó del temps, que és un exagerat. Sempre diu que tronarà, que caurà una tempesta tropical, que si glaçarà o farà una calor que asfixiarà, i al final res. O fins i tot res de res!

Des de bon matí, tots es preparen per a la gran festa. Hi haurà jocs, fira, ball, i el més important, el concurs de caça dels joves. Cada any, els camaleons que han complert dos anys durant l'hivern han de demostrar que ja són grans. És el dia més important per a ells, ja que sortiran a caçar sols per primera vegada. A més a més, el Consell d'Ancians triarà un insecte especial, i el primer de caçar-ne un, serà el campió. L'any passat van demanar insectes bastó, i el concurs va durar fins gairebé la nit, perquè costen més de veure que una larva de mosquit, i cap concursant no en trobava.

En Tami va per tot arreu enredant. Vol ajudar a penjar banderetes i garlandes, però com que triguen a donar-les-hi, s'apunta a lligar les canyes d'una de les paradetes de la fira. Però tampoc no pot suportar estar palplantat subjectant una canya mentre els grans fan els nusos, i vigila amb un ull per veure si pot fer alguna altra cosa. Com que els camaleons poden moure cada ull cap a on vulguin, no té cap problema per vigilar-ho tot!

Ah! Ja arriben les banderetes! En Tami surt corrent abans que estigui tot ben lligat, i deixa estar la canya que aguantava. D'una revolada, agafa una capsa amb cordill i garlandes i puja com un coet fins al capdamunt de l'arbre més alt. Mentre s'enfila, la paradeta, que encara no estava ferma, es desmunta sencera amb un gran terrabastall. Brummm!!! Quan sent el soroll, es gira i s'adona que ha caigut la parada que ell ajudava a muntar feia un moment. Òndia! Quin sidral! Deixa la capsa en una branca i baixa a tota pastilla, sense adonar-se que una de les cintes se li ha entortolligat amb la cua. El cordill s'enreda per les branques a mesura que en Tami baixa, i quan ja està a punt d'arribar a terra, s'acaba. Zzzziip!! Li tiba la cua, perd l'equilibri i cau aparatosament. Es queda penjat pels aires, fent tombs sense control.

Sembla ben bé que sigui la pinyata de la festa.

Tota la plaça esclata a riure. El poblat sencer s'atura per veure-ho. La seva mare aixeca el cap i veu el fillet fent de pèndol al mig de la plaça.

–Per totes les mosques, si és en Tami! –crida, i se'n va corrents cap allà.

De seguida arriba també el seu pare, que agafa una escala pel camí. Tots dos s'enfilen per desenredar-lo, mentre en Tami belluga la cua per mirar de desfer el nus. De cop i volta, el cordill es trenca, i Tami, mare, pare i escala cauen rodolant per terra. El pare el renya, la mare s'hi afegeix. En Tami està atabalat i avergonyit, envoltat de rialles i cares que l'esbronquen, i fa un crit de ràbia: «Prooooooouuuu!» Aleshores passa una cosa insòlita: en Tami es posa vermell, i tothom calla de cop.

Que un camaleó es posi vermell és una cosa molt seriosa! No passa gairebé mai, pe-

rò quan passa tothom s'atura. Si el veiessin els ocells, podrien descobrir el poblat. Cal anar amb molt de compte amb els ocells, i sobretot amb les àligues. Els pares d'en Tami deixen de renyar-lo i aconsegueixen que es calmi. A poc a poc, el camaleó recupera els colors normals. Cap ocell no l'ha vist i, el més important, tampoc no es veu cap àliga al cel.

El camaleó més vell del poblat no triga a arribar. S'obre pas a cops de bastó fins que es posa a la vora d'en Tami, i comença a examinar-lo amb aires de gran doctor.

–Com et trobes? –pregunta l'ancià.

–Bé, ja estic més tranquil –respon en Tami encara neguitós.

–Només un cop he vist un camaleó perdre el seu color. Ja fa molts anys d'això. Devia tenir la teva edat. En una discussió es va enrabiar molt, i es va tornar vermell, com tu avui. No parava de bramar, i cada cop li pujava més el color, cap a un fúcsia estrident. Un aligot el va veure i se'l va endur.

–Mossssques! De debò? –pregunta, atemorit, en Tami.

–I tant que sí. A ell no el vam veure

mai més, i aquell mateix dia el Consell va decidir que ens n'aniríem a viure a un lloc segur. Va ser aleshores que vam construir aquest poblat. Has estat de sort que no t'hagi vist cap ocellot –diu l'ancià vigilant el cel.

–Com és una àliga? Jo no n'he vist mai cap.

–Ni tu ni gairebé ningú! Des d'aquell dia que no n'hem vist més, però si m'acompanyes te n'ensenyaré un dibuix que tinc.

De fet, ja gairebé cap camaleó no recorda com és una àliga. Només els més vellets van veure la que es va endur aquell menut. Però ja se sap que els vells són encara més exagerats que el camaleó del temps! Sempre expliquen històries terribles de les àligues. Alguns diuen que tenen dos caps, altres, que en comptes de plomes, tenen unes punxes esmolades, més que les dels eriçons. Fins i tot n'hi ha algun que assegura que poden treure foc per la boca, com els dracs, i rostir un camaleó en un tres i no res, abans de menjar-se'l.

El vell s'endú en Tami al seu cau, i li ensenya el dibuix. Aquella àliga té plomes normals, i un sol cap. Això sí, fa una mica de cara de mal geni. També té unes cames gruixudes amb urpes llargues i fortes.

Quan en Tami acaba de mirar aquells dibuixos, i d'escoltar les històries que li explica l'ancià, la mare el convenç perquè vagi a ajudar-la a ella.

–Així et puc tenir controlat, que si no encara esguerraràs la festa, amb tant esverament!

El petit Tami prefereix enfilar-se als arbres i fer les feines perilloses, però s'ha de conformar a pintar el cartell. Mosquits podrits, quin avorriment!

2

EL CONCURS DE CAÇA

AL MIGDIA ja està tot preparat per a la gran festa. Hi ha una paradeta de camuflatge, una de punteria on s'han de pescar cucs d'aquells tan bons disparant la llengua, i també n'hi ha una de força: s'ha de picar amb un martell enorme sobre una palanca, i fer pujar una peça de fusta tan amunt com es pugui; si arriba a dalt de tot, sona la campana que corona el pal. Tots ho proven, però gairebé ningú no passa de la meitat. Aleshores arriba en Roc. És el camaleó més fort de tot el poblat, i quan veuen que va cap allà, tots els que estaven fent cua per provar les seves forces, s'aparten. En Roc és força més gros que la resta de camaleons, i té una banya d'aspecte temible. Fins i tot l'encarregat de la parada s'aparta, una mica atemorit.

–Deixeu-me fer a mi! –diu en Roc amb una veu potent.

Tothom s'atura a veure-ho. El camaleó s'acosta al martell, se'l mira, i es gira d'esquena.

–Ohh! –se sent a tota la plaça. Que no ho farà? Potser té por de no aconseguir-ho. Aleshores en Roc estira la cua del tot, i la cargola al voltant del mànec del martell. Estreny amb força i planta les quatre potes ben fermes a terra. En veu baixa diu «un, dos, tres...»; de cop i volta, tibant la cua tant com pot, enlaira el martell. Bufa per l'esforç, però aconsegueix alçar-lo molt per sobre del seu cap. El fa baixar a tota velocitat i... Plaf!!! Quina punteria! Fins i tot amb la cua ha encertat de ple al bell mig de la palanca. El pes de fusta surt com un projectil cap amunt, i pica contra la campana molt fort. Dong!!! Caram, si fins i tot l'ha abonyegat.

–Visca en Roc! Visca! Bravo! –criden tots. Mai no havien vist una cosa igual, aixecar el martell amb la cua, quina pensada!

Quan encara estan celebrant la gesta, el Consell d'Ancians ja s'ha reunit per donar inici al concurs de caça. Aquest any hi ha molts participants. Comptant-hi en Tami, són vint-i-quatre. El gran mestre diu a un ajudant que ja pot tocar el tambor per avisar tothom. Bum, bum, bum! És el gran moment. Els camaleons s'apleguen al voltant del mestre, i els aspirants s'obren pas com poden per posar-se a primera fila. Bé, tots no, perquè en Tami s'ha entretingut amb el martell i la cua, i és l'últim d'arribar. Quan ho fa, el miren amb severitat mentre ocupa el seu lloc.

–Aquest any tenim una bona colla de joves, i és per això que el Consell ha triat

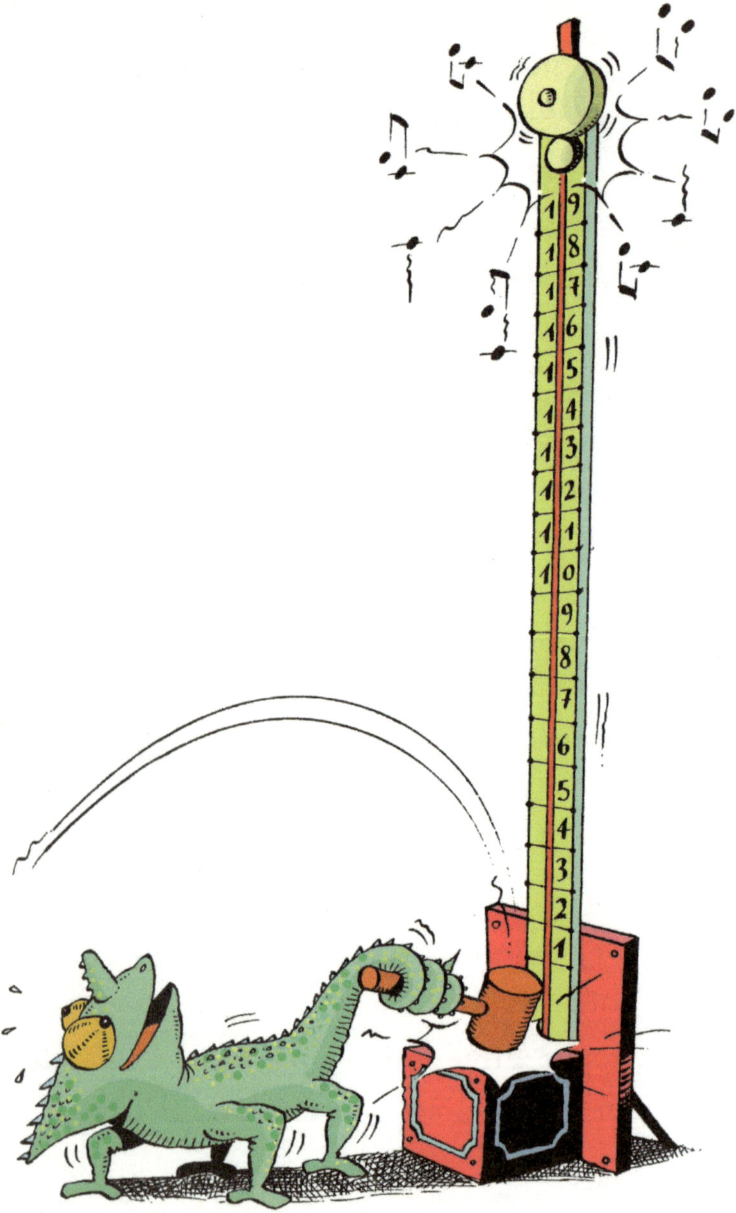
19
18
17
16
15
14
13
12
11
10
9
8
7
6
5
4
3
2
1

l'insecte volador més difícil de caçar! –anuncia el mestre.

Un rumor recorre tota la plaça. Sembla que el concurs serà realment complicat de guanyar. De ben segur que el que ho aconsegueixi serà un gran caçador.

–El campió d'enguany serà aquell que torni primer a la plaça havent capturat un espiadimonis vermell! El concurs durarà fins a la posta de sol. Si cap de vosaltres no ho ha aconseguit abans que l'últim raig de sol desaparegui de l'horitzó, aquest any no hi haurà campió! El concurs comença ara!

D'una revolada, tots els concursants surten en vint-i-quatre direccions diferents. Caram! Un espiadimonis vermell! Hi ha camaleons que no n'han caçat cap en tota la seva vida!

En Tami va cap a ponent, cap a una zona del riu que ell coneix, i on gairebé mai no va ningú. Quan fa una estona que camina té una sensació que no li agrada.

Li sembla que l'observen, i sent una remor, com un eco que el segueix. Qui deu ser? Segurament un altre concursant, que vol prendre-li el botí. En Tami camina un xic més lentament fins que troba un racó i de sobte s'hi amaga. Observa des del seu amagatall, salta sobre el seu perseguidor i tots dos rodolen per terra. La perseguidora és la Nica, la seva germana petita.

–Nica, què hi fas aquí? –crida en Tami.

–M'has espantat! –replica ella.

–Que t'he espantat? Quina barra! M'has espantat tu, seguint-me. Que no ho saps que no es pot ajudar, ni-mo-les-tar, els concursants? Au, torna cap a casa, o vés-te'n a caçar llimacs!

–No he vist mai un espiadimonis vermell. Que puc venir amb tu?

–Erugues punxegudes, i és clar que no! El lloc on vaig és un secret!

–Va!, deixa'm venir... Et regalaré la meva col·lecció de mosques verdes!

–Mmm! Quantes en tens?

–Més de deu! –diu ella, riallera.

–Em faràs nosa? –pregunta en Tami, no gaire convençut.

–Et prometo que no! –assegura la Nica amb cara de cuc de terra perdut.

No ho hauria de fer, però al final en Tami deixa que l'acompanyi. Segueixen el camí cap al riu tots dos en silenci, vigilant per si veuen el preuat espiadimonis vermell. Arriben prop de la bassa, i s'amaguen darrere els joncs.

–Estic segur que aquí en trobarem –xiuxiueja en Tami.

–Vols dir?

–Sí, la setmana passada vaig seguir-ne un, i el vaig perdre quan vam arribar aquí. Què t'hi jugues que el seu cau és aquí a prop?

–Si tu ho dius... Jo vigilo per l'esquerra, i si en veig algun et faré pessigolles a la cua –li diu la Nica.

–No, l'he de trobar jo! No vull fer trampes.

–D'acooord!

3

UN GRIPAU BABAU

ENCARA NO FA ni cinc minuts que vigilen quan en Tami nota un pessigolleig a la cua. Gira un ull per renyar la Nica, i s'adona que ella segueix alguna cosa amb la vista. Quan orienta els dos ulls cap a on mira la seva germana el veu perfectament. Per totes les cuques de llum! Un espiadimonis vermell, això sí que és estar de sort! L'insecte vola per sobre l'aigua, prop dels joncs, però encara lluny d'ell. Com si estigués jugant a un, dos, tres, pica paret, en Tami s'hi acosta una mica cada cop que l'espiadimonis està d'esquena a ell. Si aquella bestiola el descobreix, marxarà volant a tota velocitat. No pot fallar. Pas a pas, el camaleó s'ha situat molt a prop del lloc per on vola la seva víctima. Amb una gran parsimònia obre la boca, i agafa impuls per disparar. La Nica s'ho mira meravellada, veu en Tami preparat, només cal que l'espiadimonis s'hi acosti prou.

Ara l'insecte va directe cap a on s'amaga en Tami. El camaleó dispara la llengua amb tota la força, zzztt!, just en el moment que un gripau llefiscós salta pels aires amb la boca oberta de bat a bat, cap a la bestiola vermella. La llengua d'en Tami impacta de ple a la cuixa del gripau, plaf!, i l'atura a l'aire. Quan la bestiota tanca la boca, l'espiadimonis ja no hi és, i el gripau cau a l'aigua d'esquena, xoooof!

–Borinots peluts! Que no ho has vist, que l'anava a caçar jo? –rondina en Tami, molt enfadat.

–Doncs no. Però si ho hagués vist, igualment m'hauria avançat –respon amb veu greu aquella bestiota horrible.

–I ara què faré jo, eh? Havia de caçar aquest espiadimonis. No podies haver-te menjat un parell de mosques? O unes aranyes enganxifoses?

–Escolta, marrec, que jo no t'he d'explicar qui em menjo i qui no. Jo hi vinc sempre, a aquesta bassa, i mai ningú no m'ha discutit el que puc caçar. I ara marxa abans que m'enfadi amb tu, microbi estràbic. Ja m'has fet perdre el primer plat!

–Que marxi? I què més! N'he de trobar un altre i caçar-lo!

–Tu deus estar de broma, en aquesta bassa només hi caço jo. No hi vull ningú més, aquí. Au, vinga fot el camp d'una vegada!

En Tami gira un ull i veu com la Nica li fa senyals. Està mirant un punt fix. És l'espiadimonis vermell, que bat les ales desordenadament. S'ha quedat enganxat! Davant del gripau, en Tami es disculpa i fa veure que accepta marxar, però gira cua en direcció al lloc cap on mira la Nica. Però la bola de greix s'ensuma que passa alguna cosa i també mira en aquella direcció. El camaleó avança cap al lloc on és l'insecte, que no aconsegueix deslliurar-se. Es planta prop d'ell altre cop. Obre la boca. Ara sí que serà el campió! Ben segur que ningú no n'ha trobat cap tan aviat! Ja s'imagina tot el poblat aclamant-lo: «Tami! Tami! Tami, el campió!» Però llavors, de cua d'ull, veu la cara de la Nica. La seva germana mira el petit espiadimonis amb ulls plorosos. En Tami llegeix la por a la mirada de l'insecte atrapat, i a poc a poc tanca la boca. No pot menjar-se un insecte mort de por. Borinots bornis! Ja ho sabia, que la Nica li duria problemes!

De cop, nota com algú s'acosta. És el gripau, que no s'ha empassat que en Tami renunciés a marxar de la bassa amb tanta facilitat. L'ha seguit i ara es disposa a saltar! En Tami llença de seguida la llengua cap a una canya que hi ha prop de l'insecte, zzzztt! La deixa enganxada allà. Just a temps! Fa ensopegar el gripau, que s'abraonava altre cop sobre la presa. Aquella bestiota cau rodolant i s'esclafa contra el fang, plof!

–Fugiu! –crida en Tami. La Nica allibera l'espiadimonis, i marxen ben de pressa a amagar-se.

Tots dos tremolen a l'amagatall. El gripau s'ha enfadat moltíssim, i d'un salt ja està plantat davant d'en Tami, i no el deixa passar.

–Què has fet? –protesta aquella bèstia grossa i lletja.

–T'he tornat la jugada. Abans tu m'has fet perdre la presa, i ara jo t'he impedit caçar-la!

–Com t'atreveixes a fer-me això? Me la pagaràs!

I sense avisar li llença una escopinada directa als ulls.

–Uiiiii!! –crida en Tami.

Una coïssor molt forta el deixa fora de combat. No pot obrir els ulls, i no para de fregar-se'ls cridant per culpa de la picor. Només sent com riu aquella mala bèstia de gripau, i després el xipolleig que fa quan marxa. De seguida s'hi acosta la Nica, que li posa aigua fresca als ulls.

–Què t'ha fet? –pregunta la Nica.

–No ho sé. M'ha escopit una mena de pasta. Pica moltíssim! Aiiiii!

–Espera, que et posaré més aigua. No et moguis!

–No podria encara que volgués, no m'hi veig! Ui, ui, uiiii!

La Nica intenta curar-li els ulls, però no se'n surt. En Tami no els pot obrir gens. És terrible. La germana li fa posar el cap sota l'aigua del rierol, però tot plegat no serveix de res. En Tami segueix sense poder obrir els ulls, i la coïssor no marxa. I ara què faran? La Nica l'intenta convèncer que abandoni el concurs i tornin al poblat.

–Hem de marxar, Tami, a la nit surten les òlibes i altres ocellots. Se'ns menjaran si ens quedem per aquí! –diu la Nica.

–No! Esperem! Ja em passarà! No puc deixar estar el concurs!

–I si torna aquell gripau? Com ens ho farem?

En Tami sap que la Nica té raó, i finalment es deixa guiar per la seva germana. Puja amb penes i treballs arbre amunt fins a les branques més altes. Allà estaran més segurs. Molt lentament, mirant de no caure, la Nica porta en Tami d'una branca a l'altra, d'un arbre a l'altre, fins al poblat.

Quan hi arriben ja és mitjanit. La lluna plena il·lumina la clariana, on encara hi ha les casetes de la festa, el martell amb la campana abonyegada, i les garlandes i serpentines per terra. Els pares encara estan desperts, i els busquen. De seguida que els veuen se'ls acosten. En Tami tremola de febre i cansament. La Nica està segura que els renyaran, però en comptes d'això, els pares els fan una gran abraçada.

–Esteu bé? –pregunten–. Estàvem tan amoïnats!

Quan veuen en Tami, de seguida el posen

a dormir perquè es recuperi. La Nica vol explicar als pares tot el que els ha passat, però ells li responen que ja en parlaran l'endemà, que ara cal descansar. Els pares tenen raó, i en Tami i la Nica s'adormen de seguida.

4

La malaltia

Al matí següent, en Tami segueix sense poder obrir els ulls. Té febre molt alta i tremola de fred al seu cau. La mare l'ha abrigat bé amb fulles i branques que ha recollit, però ell segueix tremolant. Ha perdut la gana i no vol menjar res. A més a més té la pell de color cendra. Dorm al cau mentre els pares el cuiden i esperen que es millori. No saben quina malaltia té el petit Tami, però li posen pegats d'herbes d'olor al front, i miren de tenir-lo abrigat i protegit.

Igual com ha vingut, al tercer dia la febre

se'n va, i en Tami recupera la gana i el color. El color? Bé, de fet en torna a tenir, però ja no és marró, com abans, ara té un divertit color vermell, com el de les flors de l'hibisc. O no, ara li ha tornat a canviar i és carbassa..., o és blau?..., o violeta, o groc! Els pares s'espanten.

–Què..., què et passa, Tami? –quequeja el pare.

–Et trobes bé? –pregunta la mare.

–Que divertit! Com ho fas, això? –vol saber la Nica.

–El què? Què em dieu? No em passa res, no faig res, què us empatolleu? –respon en Tami, atabalat.

–Que no ho veus? –diu, estranyada, la mare.

–Si no veig què? –fa ell.

–Noi, totes aquestes coloraines que tens!

–Quines coloraines? No en veig pas, de coloraines. Per cert, i a vosaltres què us passa? Per què heu perdut el color?

–Que hem perdut el color? –diu el pare–. Nosaltres estem com sempre, ets tu el que ha canviat.

–Jo? Però, espera...

En Tami mira atabalat al seu voltant i descobreix que la selva on viu ha perdut els colors tan bonics que tenia. Tot ha perdut el color. La seva família s'ha tornat de color gris, i els arbres, fins i tot les flors!!! Els ulls giren pertot, buscant un bri de verd, un esquitx de vermell, o groc, o blau, o carbassa. De cop, els dos ulls frenètics s'aturen. El petit camaleó tremola, però ara ho fa de por i no per la febre. A ell li agradaven molt els colors dels ocells tropicals, dels que no mengen camaleons! Els blaus, verds i grocs dels lloros i els papagais, i el rosat majestuós dels estols de flamencs que creuen la selva dos cops l'any. Què farà, ara? L'únic animal que sembla conservar els seus colors és el lèmur, que continua tenint la cua ratllada. La mare comença a plorar, mentre el

pare, sense creure-s'ho gaire, li diu que no pateixi, que ja li passarà.

–Sigui el que sigui, marxarà com ha vingut –sentencia el pare.

Però la mare no pot deixar de patir per en Tami.

–Torna al cau –li diu la mare–. Avisarem el mestre.

–Ara segur que et guanyo a fet i amagar! –diu la Nica en to burleta.

–No m'hauria hagut d'enfrontar a aquell gripau –es lamenta en Tami.

–Com ho podies saber tu? Mai no havíem sentit a dir que les escopinades de gripau poguessin fer això. Au, deixa de fer ballar aquest caparronet, i descansa una mica –diu la mare, fent-li un copet al cap.

En Tami fa cas a la mare i se'n va al cau a descansar. Està trist i encara es troba una mica aixafat, però no aconsegueix adormir-se. A més a més, la veu ha corregut de pressa, i tots els seus amics s'acosten per veure com es troba, i si és veritat que es posa de colors estrafolaris. A la majoria se'ls escapa el riure quan el veuen; això anima en Tami, que els explica la seva aventura amb el gripau babau.

Al vespre es pren la sopa que li ha dut la mare. Està deliciosa! Sopa d'arrels amb mosques, i fins i tot hi ha un parell d'aranyes d'aquelles tan bones i que costen tant de trobar. Mmmm!

–Gràcies, mare! –diu en Tami amb cara d'amoïnat.

–De res, fill meu. Com et trobes?

–Jo em trobo perfectament. De fet, no em fa mal res, només que us veig grisos en comptes de verds o marrons.

–Deixa'm veure si és que t'ha quedat alguna cosa estranya als ulls –diu la mare amb veu dolça.

–No serà res, oi, mare? –pregunta en Tami amb un fil de veu mentre obre els ulls perquè ella hi busqui algun defecte.

–No em sembla que hi hagi res d'estrany.

Mira, farem el següent, esperarem un parell de dies a veure si et poses bé tu sol, d'acord?

–D'acord –diu en Tami sense estar-ne del tot convençut.

La mare surt del cau. A la clariana s'ha format una rotllana al voltant del pare. Alguns camaleons insisteixen a dir-li que en Tami hauria de deixar el poblat, que aquests colors tan llampants són un reclam per als grans ocells que volen alt. I si el veu una àliga?, es pregunten alguns.

–Què passa, aquí? –pregunta la mare.

–Que en Tami és un perill! –s'exclama un dels camaleons–. Ha de marxar del poblat.

–I per què ho hauria de fer? –s'hi torna la mare.

–Senzillament, perquè amb aquests colors llampants ens posa en perill a tots. Hem viscut tranquils durant molts anys gràcies al nostre camuflatge, però només que n'hi hagi un que no s'amagui, ens trobaran a tots!

Es fa un gran silenci, i els pares d'en

Tami es miren. Entre els que discuteixen hi ha gairebé tots els camaleons, i també el cap del Consell. El mestre dóna la raó als que creuen que en Tami és un perill, i els membres del Consell, un per un, ho confirmen. Els pares s'adonen que els altres camaleons tenen raó. Aleshores la mare, amb veu trista però ferma, els diu que si passats tres dies no s'ha curat del tot, se n'aniran. Els membres del Consell es miren i fan un gest d'aprovació. La Nica ho ha sentit tot, i plora en silenci mentre en Tami dorm tranquil.

5

Les cures

Al matí següent, la Nica està decidida a guarir la malaltia del seu germà. Si el problema ha vingut després de l'escopinada que li ha llançat el gripau als ulls, també s'hauria de poder resoldre aplicant alguna mena de pomada als mateixos ulls. Sense entretenir-se es posa en marxa. Per començar va a veure una camaleona vella que té fama de conèixer tota mena de remeis. Viu apartada del poblat, però la Nica coneix bé el camí, i no triga a arribar-hi. La velleta escolta amb la mirada fixa en la Nica, sense moure ni un múscul.

–Com era aquest gripau? –pregunta la remeiera.

–Era de color negre i groc –diu la Nica.

–A franges, com les abelles?

–Sí, però amb taques negres a les franges grogues, i grogues a les negres. No n'havia vist mai cap com aquest.

–Ja n'he sentit a parlar, d'aquests gripaus, però no en tinc el remei. De tota manera, et diré el que pots fer. Et prepararé dos pegats amb un fang que tinc, i extracte d'arrels de cautxú, que ajuden a expulsar verins. Els poses als ulls del teu germà durant una estoneta, i després els hi treus. Li rentes bé els ulls amb aigua fresca i tornes a començar. I així tres vegades. Ho has entès?

–Sí. I això el curarà? –pregunta esperançada la Nica.

–No ho sé, petita. Ja t'he dit que no m'hi he trobat mai, amb un cas com el del teu germà, però funciona amb altres verins.

La Nica s'endú un farcell petitó que li dóna la remeiera, i se'n va de seguida a

P.J.I.
M

veure el Tami. Fa tot el que li ha dit la vella, però en Tami no es guareix. Els seus ulls segueixen sense funcionar bé. Cucs llefiscosos! Quina mala sort! Alguns amics d'en Tami que s'han acostat a l'entrada del cau a veure'l comencen a fer broma.

–Jo crec que li hem de fer una tisana de bava de cuc de terra, i suc d'erugues podrides! –diu un.

–I ara! El que li convé és un combinat aromàtic de pets de sargantana i ous pudents de serp! –afegeix un altre, tot rient.

–Jo crec que tot plegat li ve de la panxa. Ha de fer una dieta estricta a base de fetge de peix, saltamartins confitats i sopa d'ar-rels! –s'hi apunta un tercer.

–Ni parlar-ne! És ben clar que se li ha girat el cervell. Jo opino que l'hauríem de posar tres dies de cap per avall fins que se li torni a posar a lloc –exclama el més petit de tots.

En Tami s'anima amb les ximpleries que diuen els seus amics, i de seguida s'engresca. Surt del cau amb un salt, toca el primer que troba, li diu rient «Pares tu!» i arrenca a córrer per les branques. Llavors comencen les corredisses amunt i avall. Cinc taques difícils de distingir i una de color groc lluent passen de branca en branca i riuen alegrement. Corren i salten fins que arriben a la plaça central. Allà, al mig de l'arbreda, es posen a jugar a pilota.

Mentre ells juguen sense adonar-se de res, el poblat s'ha aturat, i tots els camaleons tenen un ull vigilant el cel i l'altre fixat en en Tami. La Nica, que sí que s'adona del que passa, s'acosta al seu germà i el crida fins que fa que s'aturi. Però en Tami s'enfada amb ella.

–Deixa'm tranquil! –li exigeix.

–És que t'has d'amagar, Tami.

–No vull amagar-me. Vull jugar!

–No pots, Tami. I si et veu l'àliga?

–Marxa. No n'hi ha, d'àligues! Són històries de velles per fer por als menuts. Deixa'm estar! –insisteix en Tami.

–És que no vull que et facin marxar! –diu la Nica posant-se a plorar.

–Fer-me marxar? I qui m'hauria de fer marxar? –pregunta en Tami, fent-se el fatxenda, aixecant molt el cap.

Llavors s'adona que tothom el mira. Tothom! Fins i tot els seus amics, el mestre i els seus pares. En Tami se'ls mira. Amb la mirada interroga els uns i els altres. Totes les cares diuen el mateix. Diuen que la Nica té raó, i que si no s'amaga el veuran a ell, i a tots. Fa la volta a la plaça amb la mirada, i torna a clavar la vista en la seva germana.

–Ho vaig sentir ahir a la nit, quan tu dormies. Deien que eres perillós, i que si no se't curava això dels colors no podries seguir vivint amb nosaltres. Jo no vull que te'n vagis! –diu la Nica amb un fil de veu.

En Tami s'obre pas amb el cap cot i la pell d'un blau fosc cap al seu cau. Mira els seus pares. La mare plora i el pare li diu que no s'amoïni, que es guarirà, però ni ell mateix s'ho creu.

6

La decisió d'en Tami

En Tami no dorm en tota la nit. Fa voltes i més voltes rumiant què ha de fer. Els membres del Consell tenen raó, els seus colors són un reclam per als ocells, que el podrien veure des de molt lluny. Si es queda al poblat posa tothom en perill. De matinada pren una decisió. Marxarà del poblat.

Amb la claror primerenca del dia, abans que es desperti ningú, es decideix. Va de puntetes a veure com dormen els seus pares i la petita Nica. Es queda un instant ben quiet, observant-los, passant del color verd pistatxo de la determinació a un blau cendrós. Un color de malenconia. Respira fort, força un posat decidit que no vol acabar de sortir, i emprèn el camí. De branca en branca s'allunya mentre el nou dia s'apropa. Va fent mirades de color blau marí cap enrere fins que és prou lluny per no veure el poblat.

En Tami mai no s'ha allunyat tant de casa seva, però la por del principi el va abandonant. L'aire fresquet del matí i l'aroma de les flors se li enduen les preocupacions, li fan desaparèixer els tons grisos de la pell, i els substitueixen per un taronja intens i radiant, un taronja d'eufòria. Observa tot el que l'envolta. Ja no ha de patir per si s'acosta l'hora de dinar, o d'anar a escola, ni totes aquestes coses que li fan fer al poblat.

A mig matí, l'estómac li reclama amb insistència que endrapi alguna cosa. Busca una bona branca per aturar-se, i s'hi posa, ben quiet. Espera. Segueix esperant, en alerta. Cada cop que sent el brunzit d'algun insecte, per petit que sigui, tiba tots els músculs. Capta tot un seguit de bestioles, però cap no s'atura prop d'ell, i així no podrà disparar la llengua.

–Per totes les mosques peludes! Com és que no caço ni un mosquit coix, avui? –renega en veu alta.

–No sé de què t'estranyes! –diu una veu darrere d'ell.

–Eh? Qui ets? –replica en Tami movent els dos ulls a banda i banda.

–A sobre teu, camaleó –riu, burleta, la veu.

–Però si ets el petit espiadimonis de l'altre dia! –se sorprèn en Tami.

–Sí. I tu, què hi fas, tan lluny de casa teva?

–Doncs mira, ara que ho dius, estic aquí per culpa teva! –s'enfada en Tami.

–Per culpa meva?

–Sí, si no t'hagués ajudat, aquell gripau no m'hauria fet malbé la vista d'una escopinada.

–Que t'ho vaig demanar, jo, que m'ajudessis?

–A sobre aquesta! Si no hagués estat per mi, aquella bestiota se t'hauria cruspit.

–Això no ho sabrem mai, no trobes? –argumenta l'insecte amb naturalitat.

–El que sí que sé és que des de llavors que no hi veig bé!

–Jo em dic Max –diu, de sobte, l'espiadimonis–. I tu?

–Jo? Jo em dic Tami. Però, és important, ara, això?

–Molt, si hem de ser amics!

–Amics? I per què hauríem de ser amics, tu i jo? T'hauria d'haver caçat. Ara jo seria el campió dels joves i seguiria tan tranquil a casa meva, i en canvi, per no haver-ho fet, m'he ficat en un bon embolic.

–Quin embolic? –diu, encuriosit, en Max.

–Home, que no em veus? –respon en Tami mirant-se tot el cos. En Max no es pot aguantar el riure davant d'aquella barreja

de vermell, carbassa i morat que llueix en aquell moment el camaleó.

–Ja ho veig, ja. Sí que tens un problema! I ara què faràs?

–No ho sé! Però no puc tornar a casa –s'entristeix en Tami.

–I vols dir que no et passarà, això?

–No s'ha curat de cap manera. Ni tan sols la remeiera del poblat se n'ha sortit!

–Doncs hauràs de buscar un bon amagatall, si no vols que t'enxampi algun ocell!

–Sí, però si m'amago tampoc no caço, jo. Ja ho veus. Si no em busco un amagatall em caçaran, i si el trobo no menjaré, i em moriré de gana.

–Caram, noi, quin dilema!

–Ja ho pots ben dir. Hauria de ser un mag per poder atrapar alguna bestiola amb aquests colors.

–Sí! Podries paralitzar les mosques dient les paraules màgiques, i llavors menjar-te-les una per una! –diu en Max rient.

–I tant! Els diria «kazim, kazam, les teves

ales s'aturaran!» i, zas!, caurien fulminades. Estaria bé ser un mag.

–Gripaus pudents! És clar, un mag! Jo he sentit a dir que als cims de les muntanyes nevades hi ha el bruixot que tot ho sap i tot ho pot. Diuen que és molt i molt vell, i que és capaç de guarir els mals més estranys. Podries anar a veure'l! –s'entusiasma en Max.

–Segur que no existeix aquest bruixot! Aquestes coses sempre són històries de velles per impressionar els petits. Jo no conec ningú que hagi vist mai cap bruixot!

–I què? Podríem provar de buscar-lo. No hi tens res a perdre, no et sembla? –argumenta en Max.

–Podríem? Què vol dir «podríem»?

–Jo no puc tornar a la bassa. Si em veu aquella bola de greix que salta, se'm menja en un tres i no res, de manera que també he de buscar un lloc nou per viure, com tu. Podem fer-ho plegats.

–Ni parlar-ne. No sabem on viu, ni com es diu, ni res de res. Segur que és un viatge perillós, i ni tan sols sabem si existeix de debò! Jo em quedo aquí!

–I vols dir que no és més perillós quedar-se aquí? Què faràs quan ja no et puguis aguantar de gana? –replica en Max.

–Ja m'espavilaré! Segur que trobo una solució –es defensa en Tami.

–És clar, el que et passa és que et fa por.

–Por? A mi? Ni parlar-ne!

–Doncs a mi em sembla que estàs ben cagat –replica en Max.

En Tami s'ho rumia una mica, i al final li sembla que la proposta d'en Max és una bona pensada, malgrat tot. A més a més, amb algú que pot volar per sobre els arbres per buscar el camí, tot serà més fàcil.

–Entesos! –accepta–. Hi anirem!

–I no intentaràs menjar-me quan em distreguí?

–I és clar que no. Ara que, amb la gana que tinc, tu mira de no distreure't gaire! –li adverteix, fent broma, en Tami.

–Ja vigilaré! –accepta en Max.

7

Cap a les muntanyes

–Per on comencem? –pregunta en Tami.

–Anem cap a les muntanyes nevades, no?

–Sí, sí, però tu saps el camí?

–No, però suposo que només cal anar pujant. Abans o després hi arribarem.

En Tami i en Max passen alegrement d'un arbre a l'altre, avançant cap al límit del bosc. Sempre trien els arbres més frondosos per evitar que algun ocellot els vegi. Al migdia s'aturen a descansar i caçar unes mosques. Com sempre ha fet, en Tami es planta ben quiet en una branca, no gaire lluny dels fruits, que atrauen tota mena d'insectes. Passen els minuts, i ell segueix allà. Cap insecte no s'hi acosta gaire, i ni en parlem d'aturar-se! És evident que no caçarà ni un trist llimac.

En Max se n'adona de seguida, però no sap com ajudar-lo. Amb aquells colors vius i llampants, els mosquits deuen pensar que en Tami és un ocell o algun altre animal, però ningú no es creurà que és una branca més de l'arbre. Cada cop que algun insecte s'acosta a en Tami, veu aquells colors intensos i fuig com un llamp. Fiuuu! En Max s'allunya, dissimulant perquè en Tami no se n'adoni. Si es queda prop d'ell, tampoc no trobarà dinar.

En Tami està acostumat a llançar la llengua cap a un insecte quiet, però ara ho ha de provar amb els que estan volant. Caça una pila de coses, de fet, però cap de comestible. Branquetes, puah!, fulles, ecss!, un parell de flors empalagoses, brrff!, escorça d'arbre i fins i tot molsa, prrrrftt! Passada una estona es rendeix. Mai no aconseguirà encertar un insecte en ple vol. Ho ha provat de totes les maneres que li han passat pel cap, però cap no li ha funcionat. S'estira sobre la branca, amb la llengua penjant més d'un pam, de tan cansada com la té.

–Per què t'atures? –sent que diu en Max.

–Doncs perquè no caçaria res en tot un dia! –deixa anar amb ràbia.

–Tu segur que no, i de color fúcsia encara menys, però mira'm a mi!

–A tu? I què en trec, de mirar-te a tu? –es lamenta en Tami.

–Mai no havia atrapat tantes mosques en la meva vida. Totes fugen mirant cap a tu de cua d'ull, i jo només les he d'esperar i atrapar-les. Fàcil!

En Max porta tot el que ha caçat cap on és en Tami. Allò és un autèntic banquet!

–No sabia que els espiadimonis fóssiu tan bons caçadors! –diu en Tami, amb la boca plena, tot endrapant una mosca i un borinot alhora.

–Doncs som uns mestres! També ens podem camuflar, no et pensis que els camaleons sou els únics. I volem molt més de pressa que les mosques i els mosquits... I millor, és clar!

Riuen amb ganes. Es mengen tot el que en Max ha caçat, i segueixen el seu camí entre jocs i rialles.

A la tarda arriben a un bosc no tan frondós. Els arbres tenen menys fulles, i estan més separats els uns dels altres. Avancen a poc a poc, i en Max no deixa de mirar cap al cel, vigilant que no hi hagi ocellots amb ganes de menjar-se un camaleó o un espiadimonis per sopar. En Tami segueix el seu amic de ben a prop, i veient que ell no para de mirar cap amunt, li pregunta:

–Què passa, Max? Per què vigiles tant el cel?

–Sssst! Miro de veure si ve algun ocellot a empipar-nos.

Segueixen així una estona, en Max volant amb els ulls posats al cel, i en Tami seguint-lo. Avancen en silenci. Només de tant en tant en Max pregunta a en Tami si encara hi és, i ell respon amb un monosíl·lab. De sobte, en Max veu ocells un xic més endavant i es gira per avisar el seu company.

–Tami?... On ets, Tami?

–Max! A veure si em trobes... –respon, burleta, en Tami.

–On t'has ficat?

–No em trobaràs! No em trobaràs! –cantusseja en Tami.

En Max es posa a buscar. Vola d'aquí cap allà, amb aturades en sec per canviar de direcció. Zuum, brzzzz! L'hauria de trobar de seguida, amb les coloraines que llueix el seu amic, i la bona vista d'espiadimonis. Es neguiteja uns segons fins que veu unes petites taques que sobresurten de la part de baix de la branca. Les taques tenen una tonalitat groguenca que va canviant, i un riure mal

dissimulat surt de sota la mateixa branca. Només pot ser en Tami. Baixa a comprovar-ho, i veu el seu company caminant cap per avall per la banda de sota de la branca.

–Ostres, Tami! Com ho fas, això? –exclama en Max.

–És qüestió d'agafar-se bé amb les potes!

–No et canses?

–Una mica, però és molt divertit. Així els ocells no em veuen, i jo puc vigilar que no hi hagi cap serp rondant per la fullaraca –explica en Tami.

En Max ha d'admetre que és una bona solució. Ja no s'haurà d'amoïnar per en Tami, només haurà de tenir cura d'ell mateix.

Al vespre, en Tami està rendit. El cansament d'anar caminant d'aquella manera fa que no aguanti fins a l'hora de sopar, i quan en Max torna amb tres mosques que ha caçat per compartir-les amb ell, en Tami ja dorm arraulit en un racó. La nit és fresca, i en Max recull fulles de l'arbre per tapar el seu company de viatge, i evitar que el vegin durant la nit. Aleshores s'adona que en Tami torna a tenir colors de camaleó. S'ha curat! Quina sorpresa tindrà l'endemà al matí!

8

La força de la imaginació

En Tami es lleva molt d'hora, de tanta gana que té. Com que ahir no va sopar! En Max encara clapa, però sense ell no podrà caçar ni un centpeus coix. S'espera una miqueta a veure si el seu amic es desperta tot sol, però dorm com un tronc. Aleshores comença a fer sorolls a posta. Tus, cof-cof!, trepitja branquetes seques, crec-crec!, però res! Agafa aire per guardar-se'l a la panxa. Ho fa tres cops i, amb la panxa ben plena, deixa sortir un rot potent i sorollós, burrrp! Res de res, en Max segueix amb els angelets. Ara sí que se li ha acabat la paciència.

–Va, desperta, que tinc gana! –crida directament a l'orella d'en Max, tot i que no està segur d'on les té, les orelles.

–Eh? On ets? –pregunta, desorientat, l'espiadimonis.

–A sota, de cap per avall, que no te'n recordes?

–Sí, sí..., és clar..., però..., ara que hi penso..., si ja no cal. Ja estàs curat! –va dient mentre es desperta del tot.

–Ah, sí? Doncs jo no noto res de diferent. A veure si em trobes! –el desafia en Tami.

En Max es planta sota la branca d'una revolada i troba en Tami, tot content, i d'un color verd intens, que unes ones grogues s'encarreguen d'aclarir amb suavitat. L'esglai d'en Max fa posar en Tami de color taronja i, tot seguit, blau turquesa.

–Què t'ha passat? –pregunta el seu company d'aventures.

–Que no te'n recordes o què?

–Sí, i tant, però ahir, quan dormies, em va semblar que tenies els colors de sempre, verd i marró. Creia que t'havies curat!

–Potser somniava coses de colors verd i marró –respon en Tami sense donar importància a la conversa.

–És clar! –diu en Max–. Ja ho entenc! Tanca els ulls, Tami!

–Que tanqui els ulls?

–Si, ja ho veuràs, fes-me cas!

–Ja els tinc tancats. I ara què?

–Ara pensa en el color dels troncs dels arbres.

–Entesos! –diu en Tami.

El camaleó es concentra per recordar el color marró de l'escorça dels arbres. Cada dit, cada pota, la cua i el cos se li tornen d'un groc intens.

–No, així no anem bé! –rondina en Max–. Fes una cosa, pensa en vermell!

Com si algú estigués afegint-li aquell color, la pell d'en Tami barreja el groc que té, i el vermell en què pensa, de manera que es torna carbassa gradualment.

–Això va bé! Ara imagina una mica de blau –diu en Max sense dissimular la seva excitació.

La pell d'en Tami s'atura un instant, i ben aviat continua canviant de tonalitat. Es taca amb uns puntets blaus, que de seguida es barregen amb el taronja i fan aparèixer el marró a poc a poc.

–Perfecte! –continua en Max–. Ara pensa en marietes jugant amb papallones blanques.

En Tami no entén gaire el que li demana en Max, però en fa cas. Entremig dels punts blaus, en van apareixent de blancs, vermells i negres, que també es barregen amb els colors del seu voltant. La pell del petit camaleó no triga gaire a adquirir la seva coloració normal, amb una base marró (no gaire fosc) esquitxada de taques més fosques aquí i allí.

–Visca! Funciona! –crida en Max.

En Tami obre els ulls tot esverat, i el marró tan treballat es transforma ràpidament en vermell. Però en Max està molt excitat. S'embarbussa explicant-li que, a mesura que ell li parlava dels colors, la seva imaginació havia fet que aquells colors li apareguessin a la pell, i s'hi barregessin.

–És fantàstic! Pots fer el color que vulguis, només cal que hi pensis! –diu en Max–. Va, provem a veure si pots fer ratlles o triangles!

–Home, com vols que faci ratlles?

–Tu prova-ho. Tanca els ulls i imagina una zebra.

En Tami ho prova. La seva pell va perdent color i es torna grisa. A poc a poc, el gris es va transformant. En alguns trossos es fa més i més clar, i en altres s'enfosqueix. En Tami nota l'excitació d'en Max, que fa un brunzit nerviós amb les ales mentre va i ve al voltant d'ell.

–Què? –pregunta sense obrir els ulls.

–Al·lucinant! Sembles una zebra en miniatura!

–De debò?

–I tant que sí! Vols veure-ho?

–Ja em diràs com! –replica en Tami.

–Allà a baix hi ha una bassa. Anem-hi!

Tots dos van cap a la bassa. En Tami s'enfila a una pedra que hi ha just al marge i repeteix l'operació. Torna a tancar els ulls, i es concentra en les ratlles d'una zebra. Quan en Max l'avisa, els obre de sobte i encara té temps de veure com el seu pijama blanc i negre es dissol, i la seva pell pren un color carbassa intens.

–Oi que és bestial? –pregunta en Max, entusiasmat.

–Suposo que sí, però jo no ho puc veure i, a més, ara el que tinc és una gana que em moro. Anem a buscar l'esmorzar?

–D'acord. Jo també en tinc, de gana!

9

ELS PRATS

ESMORZEN de gust, i després segueixen cap als cims de les muntanyes. De tant en tant, en Max vola per sobre de les copes dels arbres per observar l'horitzó i buscar el camí que porta a les serres nevades. A mesura que s'enfilen bosc amunt, els arbres es van espaiant, i cada cop es fa més difícil passar d'un arbre al següent sense baixar a terra, però van fent. Al vespre arriben als límits del bosc. Ara es troben a l'últim arbre. Bé, de fet en queden més, però ja estan massa separats l'un de l'altre. En Tami i en Max es queden bocabadats. Sempre han viscut a la selva, i mai no havien pogut comprovar què hi havia més enllà d'on els arribava la vista.

–No m'ho havia imaginat mai, que hi hagués un lloc així –diu en Tami contemplant l'extensió que té davant seu.

–Així, com?

–Així de gran, on la vista no ho pot abastar tot.

–Doncs ja ho veus. Que et fa por?

–Por? Una mica. I a tu?

–A mi no! Pensa que jo puc volar per sobre els arbres, i des d'allà dalt veig com n'és, de gran, la selva!

–Quina sort que tens! Jo he anat tota la vida de branca en branca per la part més espessa del bosc per amagar-me del ocells. No m'estranya que no ens trobin! Qualsevol es posa a furgar per la malesa, podent volar per sobre i veure tot això. És meravellós!

–Caram, Tami, no n'hi ha per tant, és un prat i prou –comenta, sense gaire interès, en Max.

–Això ho dius perquè en deus haver vist molts, però jo ni tan sols sabia que la meva vista fos capaç d'arribar fins tan lluny!

En Tami es torna de color blau apagat. Passa una llarga estona observant aquella extensió de tonalitats grises. Herba de color gris clar, matolls més foscos, però també grisos, cel que sempre li sembla boira i alguns rocalls de color del carbó. «M'agradaria haver vingut a aquest lloc quan encara m'hi veia bé», pensa en Tami mentre en Max fa giravoltes buscant insectes de capvespre.

–Què, continuem? –l'interromp en Max.

–Espera! Em vull quedar aquí una estona. Des de dalt de l'arbre hi ha tan bona vista! Si baixo, l'herba no em permetrà veure el prat.

–La veritat, Tami, és que no t'entenc gaire!

En Tami no se'n sap avenir. No s'havia imaginat mai que hi pogués haver res com allò. Sempre havia estat en el seu petit món. Del cau a la placeta del bosc, d'allà als arbres

del voltant per capturar algun insecte amb l'ajuda del pare o la mare. Jugant amb els amics, sempre a les mateixes coses, i sempre als mateixos indrets. Sense allunyar-se gaire. Si no hagués estat per aquella malaltia, mai no hauria sortit d'allà, i no sabria com n'és, de bonic, un prat. N'havia sentit a parlar, dels prats, però mai no s'havia fet una idea de quin aspecte tenen, ni de com en són, de grans.

–Max! Ja sé què faré! –crida en Tami.

–Ah, sí?

–Sí. Quan el bruixot m'hagi arreglat la vista, faré venir aquí els meus pares. No s'ho han de perdre, això!

–Oi que abans t'he dit que no t'entenia gaire? –pregunta en Max.

–Sí.

–Doncs ara rectifico. La veritat és que no t'entenc gens ni mica!

En Tami esclata a riure, i en Max l'acompanya immediatament. Han caminat tota la jornada, i en Max s'adona que té la panxa ben buida, i que li calen mosques, mosquits, cuques, o ales de borinot. El que sigui, però necessita alguna cosa per fer callar l'estómac, que no para de rondinar.

–Ja que t'agrada tant aquest lloc, perquè no ens hi quedem a sopar? –demana en Max.

–Sempre penses en menjar, tu? –el renya, en broma, en Tami.

–No!

–No? I es pot saber quan no hi penses?

–Doncs ben senzill, mentre menjo!

10

Una ajuda inesperada

Al matí, després d'un bon sopar i una dormida encara millor, en Max es desperta i veu que en Tami dorm tranquil. El dia s'ha llevat ennuvolat, i en Max decideix anar a buscar alguna cosa per menjar abans que es posi a ploure. Sense adonar-se'n, s'allunya cada cop més de l'arbre on han passat la nit. De sobte, un tro eixordador anuncia que la tempesta està a punt d'esclatar. Les primeres gotes, dures i de la mida del seu cap, no triguen a caure, i en Max s'ha de refugiar en uns matolls.

La pluja desperta en Tami, que de seguida busca el seu company.

–Max, on ets? –crida una i altra vegada.

Però ningú no respon. «Què li deu haver passat, a en Max?», pensa en Tami. Potser l'han caçat, o s'ha perdut. Surt a buscar-lo sense dubtar-ho ni un sol moment. Si en Max té problemes, ell l'ha d'ajudar. Camina una bona estona costa amunt, cridant el seu amic, i deixant cada cop més enrere els pocs arbres que esquitxen el prat. La pluja cau amb força, però ell segueix avançant i buscant en Max. Quan ja tan sols queden matolls i pedres, en Tami comença a anar més a poc a poc, enfilant-se a sobre les roques pelades i fredes.

La pluja s'atura. En Tami mira constantment al cel, i ha obert al màxim els ulls, per intentar localitzar el seu company. A mesura que avança la terra és més rocallosa, i els sorolls del prat l'esparveren cada cop més. Sense en Max, tot li sembla més perillós. On deu ser? Què li deu haver passat?

Les cames se li encarcaren. La pell se li ha posat d'un color rosa apagat, amb taques vermelles i violetes per diferents llocs del cos. Cada petit soroll el trasbalsa i el fa saltar i girar-se sobtadament. Malgrat tot, segueix avançant, però a cada passa nota més el pes de les cames, que sembla que siguin de plom.

Un moviment a la seva esquerra el sobta. Hi dirigeix una mirada nerviosa, i hi veu una cua que s'amaga entre les pedres xopes. I si és una serp? Què farà si l'ataca? Malgrat la por, s'hi acosta prou com per poder observar el que hi ha darrere la pedra. Uff! És una sargantana que s'ha amagat en veure un animal tan estrany.

En Tami continua, però la por gairebé no el deixa moure's. De sobte sent un brunzit. S'estira a terra i es tapa els ulls amb les potes. Un borinot! S'ha espantat d'un borinot! Ell, un camaleó que n'ha caçat a dotzenes! En Tami es posa a plorar. Es pregunta què hi fa, allà, i què se'n deu haver fet, d'en Max. Ara està sol, i té por. Cada cop més por. Una por d'un color rosa intens, que brilla enmig del prat sense que ell se n'adoni.

Mentre plora, en una tartera que hi ha prop d'on és ell hi ha un petit moviment. De les roques n'ha sortit una serp que avança fent esses entre l'herba i els matolls. En Tami no se n'adona, però una amenaça s'arrossega per terra buscant-lo a ell. Els sanglots no li deixen sentir cap altre so, i les llàgrimes als ulls li enterboleixen la vista. La serp se li acosta discretament, sssh! Ja és prou a prop i prepara l'atac. Aixeca una mica el cap, estirant el coll. Obre la boca en silenci i ensenya els ullals, amb què injectarà al camaleó el verí paralitzant.

De cop, en Tami sent un brunzit furiós. Com si un borinot gegant anés a xocar amb ell. Brrzzz! Però no hi xoca, passa de llarg com un llamp vermell. En Tami el segueix amb la vista. És en Max! Va de pet cap a una boca grossa, oberta de bat a bat! Oh, no! Es

ficarà dins d'aquella gola esgarrifosa. Per tots els mosquits bornis! Fa un gir ràpid. La serp intenta menjar-se'l! El toca d'esquitllentes, però no l'atrapa. Visca! En Max s'ha salvat pels pèls!

En Tami reacciona. Amb un salt rabiós es planta entremig d'en Max i aquell cuc gegant, que ja prepara el contracop. El vermell de l'excitació es barreja amb taques de tots colors. La serp torna a atacar, sssh! En Tami és ràpid i aconsegueix esquivar-la. Però l'enemic es refà de seguida, i ara fixa l'atenció en un altre lloc. En Max, que ha pres mal durant l'atac, és a terra. En Tami el veu, i s'adona que la serp es prepara per cruspir-se'l. Com un llamp multicolor, s'interposa entre el seu amic i aquella bèstia. Els colors van apareixent sense cap ordre a la pell d'en Tami, cosa que desconcerta la serp, que no sap on mossegar. Sort d'això! El següent atac d'aquell animal temible frega la cama d'en Tami, que nota com el verí li entra al cos, i cau cargolant-se de dolor.

Tots dos, en Max i en Tami, jeuen a terra ferits, no es poden escapar! Ara la serp li tornarà a clavar els ullals, i deixarà que el verí paralitzi en Tami. I quan ja no es pugui moure, se l'empassarà sencer! La serp aixeca el coll, tira el cap enrere i mira per última vegada en Tami, que tanca els ulls per no veure-ho. De sobte se sent un crit agut que talla el cel: iiiii! Una àliga se'ls tira a sobre. Això sí que és la fi! Una àliga!

Però quan ja ho dóna tot per perdut, en Tami veu com aquell ocell majestuós ataca la serp i la fa fugir cames ajudeu-me. Bé, cames no, que no en té, però panxa ajuda'm! L'ocell s'atura davant del camaleó i de l'espiadimonis amb cara de pocs amics. Obre la boca... Ai, ai, ai!

–Esteu bé? –demana l'àliga.

Els dos amics es miren, espantats. Per què ho vol saber? És ben evident que no estan bé. I què? Que potser no se'ls menjarà, si no estan bé?

–Estic ferit! –respon en Tami, sorprenent-se a si mateix.

–No sembla greu –el tranquil·litza l'àliga.

–No..., no te'ns penses menjar? –pregunta, quequejant, en Max.

–Jo? I ara, quina pensada! Jo no menjo insectes, ni tampoc camaleons estranys –diu mirant en Tami.

–I ella? –pregunta en Tami mirant cap al lloc per on ha fugit la serp.

–Mentre jo sigui aquí no tornarà, no cal que us hi amoïneu.

Els dos amics es tranquil·litzen, i l'àliga els pregunta què hi fan tan lluny de casa seva. En Tami li resumeix tota la història, amb amaniments d'en Max, i ella els escolta amb atenció.

–Caram, nois, sou molt valents! I aquest bruixot que busqueu, sabeu com és, o com es diu?

–La veritat és que no! –responen tots dos alhora.

–Interessant! –replica l'àliga en un to enigmàtic.

11

EL BRUIXOT

L'ÀLIGA els convida al seu niu. No és lluny d'on són, i allà podran descansar i refer-se de l'ensurt amb la serp. Però quan en Tami intenta caminar, la cama de la ferida li fa un mal horrible, i en Max no està gaire millor.

–Com vols que hi anem, si estem ferits? –demana en Tami.

–No pensava pas anar-hi per terra, o és que creieu que a mi m'agrada gaire caminar?

–Doncs ja ens diràs com ho farem! –exclama en Max.

–Deixant-nos portar per l'aire, és clar! –respon l'àliga.

–I com es fa això? –intervé, escèptic, en Tami.

–És ben senzill, us enfileu a sobre meu i fem un vol de vessant.

–I això què és?

–Jo m'enlairo, estenc les ales tan com puc, i aprofito els corrents d'aire que pugen muntanya amunt. Ho fem totes les àligues, d'aquesta manera podem guanyar alçada sense esforç.

–Guanyar alçada? Però no has dit que era prop d'aquí? –demana en Tami.

–I tant! És allà dalt –aclareix l'àliga assenyalant el cim del penya-segat que corona la muntanya.

–D'això en dius a prop? –replica en Max.

–Pugeu sobre meu, i us ho demostraré.

Tot i que no se n'acaben de refiar, els dos amics obeeixen l'àliga i se li enfilen a l'espatlla. S'agafen ben fort, com els ha recomanat ella, i veuen com bat les ales amb força i s'enlaira uns metres de seguida. Aleshores deixa de batre, i desplega al màxim unes ales llargues i poderoses. Amb la cua fent de timó, l'ocell comença a dibuixar uns cercles amplis, que es van enfilant cap als cims. No han passat ni dos minuts quan l'àliga els ensenya el seu niu.

Hi aterren amb suavitat, i l'àliga examina les ferides de tots dos. De sobte s'enlaira sense dir res més que «torno de seguida», i en Tami i en Max es queden sols al niu.

–I tu on t'havies amagat? –pregunta en Tami.

–He anat a buscar alguna cosa per menjar, i m'ha enxampat la tempesta. Sort que he trobat aixopluc! Quan ha afluixat he tornat, però ja no hi eres.

–I com m'has trobat?

–Que et penses que és gaire difícil? N'he tingut prou d'enlairar-me una mica i buscar una taca que va canviant de color! –riu en Max.

–M'has salvat la vida, ho saps?

–Bé que me la vas salvar tu a la bassa l'altre dia.

–Tu potser t'hauries escapat d'aquell gripau babau, però jo no me n'hauria sortit, amb la serp.

–Que m'hauria escapat del gripau? Si estava atrapat i mort de por! Una aranya vella i cega m'hauria caçat sense teranyina i tot!

–Estic content que tornessis, no sabia què fer, sense tu –reconeix en Tami.

–I jo no caço ni la meitat sense el teu truc de la zebra –bromeja en Max.

Tots dos amics es posen a riure, es fan bromes i s'ensenyen les ferides que els ha fet la serp. Al cap de no gaire estona veuen que l'àliga torna al niu. Du un cargol en una de les urpes, i alguna cosa penjant del bec. Amb molt de compte, estreny el cargol amb l'urpa, que de seguida deixa anar una bava espessa i llefiscosa.

–Unta-li l'ala –diu l'àliga adreçant-se a en Tami–. Jo l'hi trencaria encara més, però tu tens dits tous.

En Tami fa el que li diu l'ocell, i escampa la bava de cargol per la part de l'ala de l'espiadimonis que s'ha trencat. En Max no es queixa gens, i no triga a notar una millora.

–I ara t'hauràs d'estar quiet unes hores fins que faci efecte –explica l'àliga–. A veure la teva cama –afegeix, dirigint-se a en Tami altre cop.

–Creus que em quedaré paralitzat? –pregunta el camaleó amb un fil de veu.

–Ja ho veurem. Tens una ferida prou seriosa, però jo crec que ho podrem resoldre.

L'àliga mastega el que porta al bec, que són uns trossos d'arrel. Al cap d'una estona n'ha fet una pasta pudent, i l'escup de mala manera sobre la ferida d'en Tami, que li comença a picar.

–Això eliminarà el verí, però gairebé segur que et farà agafar febre. No t'has d'amoïnar! –li explica l'àliga.

–I tu com ho saps, això? –demana en Tami.

–M'ho va ensenyar el meu avi –respon l'àliga com si res.

Tots dos estan esgotats. En Max s'adorm tranquil, arraulit entre els branquillons del niu. En Tami no pot parar de rumiar sobre totes les aventures que ha viscut en tan poc temps. Si no fos per aquella àliga misteriosa que els ha salvat la vida, ara estaria a la panxa d'una serp. Quantes aventures li queden encara per viure abans de trobar el bruixot? Què farà si no el pot guarir? Massa preguntes i poques respostes. Finalment, el cansament també el venç, i en Tami tanca els ulls.

12

LA TORNADA

LA GANA desperta en Max. El sol està força alt, l'àliga no hi és, i en Tami dorm com un tronc. El primer que fa és revisar l'estat de la seva ala. Amb el cop que li va clavar la serp se li havia trencat, i les ales d'espiadimonis no es curen mai. Però, sorpresa! Té l'ala perfectament bé. Se la mira i se la remira, des de dalt, des de baix, girant el coll tant com li és possible, i no troba cap senyal de la ferida. Que potser ho ha somiat? Decideix provar-la, i s'enlaira sense cap esforç. No nota cap dificultat en volar. És meravellós! Sempre li han dit que una ala trencada és una ala perduda però, ves per on, no és cert. La seva està perfectament, i pot volar com si res.

–Tami, Tami, desperta't! –crida en Max.

–Què passa? Què és aquest xivarri! –s'enfada el camaleó.

–Estic bé! Que no ho veus? Estic perfecte –anuncia amb entusiasme en Max.

–Enhorabona! I ara deixa'm dormir, que tota la nit que he tingut febre i la cama em fa un mal horrorós! –remuga en Tami.

–Doncs jo et veig la ferida la mar de bé, de fet no es veu gran cosa –diu en Max mentre observa la cama del seu amic.

–I tu què saps? –rondina en Tami.

Però en Tami ja s'ha desvetllat. Encuriosit, s'aixeca i s'examina la ferida amb atenció. Pot caminar perfectament, i la cama no li fa gens de mal. Potser una mica si l'estira molt, però ni de bon tros el que li feia a la nit. La inflamació també ha baixat, i el color... Bé, el color segueix sent gris, com sempre.

–I tu també estàs curat? –pregunta en Tami, encuriosit.

–Sí. I això que sempre m'han dit que les ales no es poden adobar de cap manera.

–Penses el mateix que jo? –demana en Tami.

–Suposo que sí.

–L'àliga és el bruixot de les muntanyes!!! –exclamen tots dos alhora.

–No sóc cap bruixot! Només sóc un ocellot prou vell com per haver après alguns trucs del seu avi. Ell sí que era un bruixot! –respon l'àliga, que arriba en aquell precís moment.

L'àliga els explica que el seu avi (a diferència de la resta d'àligues) només menjava animals que estiguessin sans del tot. No en volia saber res, de la carronya. Per això, quan n'atrapava un de malalt o ferit, mirava de guarir-lo, per poder-lo tornar a caçar quan estigués bo. Recorda que un cop va enxampar un camaleó que s'havia tornat fúcsia. El va tenir un temps amb ell, fins que l'animal va recuperar el seu color natural, però durant aquells dies es van fer bons amics.

–Aleshores el teu avi era l'aligot que va

veure el mestre, el que es va endur aquell pobre camaleó. I dius que no se'l va menjar?

–No, i des d'aleshores no va caçar cap més camaleó, i tampoc no deixava que el seu fill, ni el seu nét, que sóc jo, en cacéssim cap.

–És per això que ja no veiem àligues! Així no cal que visquem amagats!

–Home, us heu d'amagar de qui us vulgui menjar, però no seré pas jo!

–I a mi em pots curar la vista? –pregunta esperançat en Tami.

–Em sap greu, però no podré pas.

–Però si ens has guarit les ferides de la serp verinosa! –argumenta en Max.

–No és ben bé així, nois. El verí d'aquella serp només paralitza els músculs durant una estona. Amb això ja en té prou per empassar-se les seves víctimes.

–Així doncs, no ens moríem?

–I és clar que no! –riu l'àliga–. Però una cosa és posar bava de cargol en una ferida petita, o arrels amb saliva per fer baixar una inflamació, i una altra de ben diferent guarir una malaltia que ni tan sols sé el que és.

–Vaja –diu, decebut, en Tami.

–Però escolta, Tami, per què et vols curar exactament? –demana l'àliga.

–Home, per veure-hi bé, i poder-me amagar.

–I vols dir que et cal? Fixa't quantes coses bones has viscut des que t'ha passat això dels ulls. Vivies en un lloc petit, sense saber com és el món que t'envolta, i ara has viatjat i has fet un munt de descobertes. Només coneixies camaleons, i ara estàs tan tranquil amb un espiadimonis i una àliga. Pots fer amb la teva pell el color que més t'agradi, i pel que em dius, també has pogut camuflar-te. Segur que amb una mica de pràctica aprendràs a fer-ho sense tancar els ulls! A més a més, t'has enfortit. Mira't les cames! Ets més àgil i valent que cap altre camaleó, perquè aquesta malaltia t'hi ha obligat. T'has enfrontat a una serp amb coratge per protegir el teu amic, i ell també ho ha fet per tu.

–Però, jo vull ser normal –es lamenta en Tami.

–Normal? Vols dir com la resta de camaleons? De debò que vols tornar a ser com abans? Vols seguir vivint amagat? Sense sortir del mateix lloc de sempre?

En Tami rumia, no sap què respondre. És cert que ha viscut una gran aventura, més gran que la que hagi pogut viure cap altre camaleó, però ell no vol ser un perill per als seus. Què pot fer? Com més hi pensa, més s'adona que l'àliga té raó. Mai no ha estat tan fort, ni tan àgil, ni tan despert. Ha après un munt de coses, i ha fet un bon amic, un dels de debò. Només li sap greu no poder veure els prats de color verd, esquitxats de flors de colors per tot arreu, però en el fons sap que no es guarirà, i que tampoc no podrà tornar a viure sense les emocions i les aventures d'aquests últims dies.

–Tens raó –accepta, a la fi, en Tami.

–I ara què faràs? –demana en Max.

–Em sembla que ha arribat l'hora de tornar a casa! –contesta en Tami, decidit.

–Us hi porto! –diu l'àliga.

–Visca!!! –criden en Tami i en Max.

Enfilats a l'espatlla de la seva nova amiga, no triguen gaire estona a desfer el camí que tant els ha costat de fer. Sobrevolen els prats, i després els boscos, en un descens suau. Van fent voltes per poder-ho veure tot bé i gaudir de l'espectacle. Quan són prop del poblat,

l'àliga demana a en Tami si vol que el deixi una mica lluny, per no espantar els altres camaleons, però en Tami contesta que no, que prefereix aterrar al bell mig de la plaça.

–Així veuran que no t'han de tenir por –diu en Tami.

–És clar! I, a més a més, xalaràs com mai! –afegeix en Max.

Quan aterren no es veu ningú.

–Pare, mare, Nica! –crida ben fort en Tami–. Veniu... Au, no tingueu por, aquesta àliga no menja camaleons!

La Nica és la primera a sortir de l'amagatall, i tot seguit s'hi afegeix la mare. Al pare li costa una mica més, i després es van animant la resta de camaleons. A poc a poc, la curiositat va vencent la por, i tot el poblat es reuneix al voltant d'aquell trio tan estrany.

Un per un, expliquen les seves aventures. Comença l'espiadimonis, que els explica com en Tami li va salvar la vida quan aquell gripau metzinós i pudent se'l volia empassar.

Continua en Tami, amb les seves aventures amb en Max, i tots dos riuen mentre les recorden. Exageren alguns episodis, però és «per fer-los més emocionants». L'àliga no perd l'oportunitat de donar tots els detalls de la lluita amb la serp. Tothom escolta embadalit quan en Tami narra la història de l'avi de l'àliga, el que va caçar el petit camaleó fúcsia i se'n va fer amic. Quan acaba, en Tami pregunta:

–Per cert, qui va guanyar el concurs de caça?

–Ningú! –respon el gran mestre–. De fet, després de tot el que ens has explicat, suposo que el guanyador ets tu.

–Sí!!! Visca en Tami!!! Visca el campió!!! –criden tots alhora.